CORINO
et ses amis

LYNO LEBOEUF

D1482361

Données de catalogage avant publication (Canada)

Leboeuf, Lyno, 1961-

    Corino et ses amis

    Pour enfants.

    ISBN 2-89089-994-2

    I. Titre.

PS8573.E255C67 1995   jC843'.54   C95-940090-7
PS9573.E255C67 1995
PZ23.L42Co 1995

LES ÉDITIONS QUEBECOR
7, chemin Bates
Bureau 100
Outremont (Québec)
H2V 1A6
Tél. : (514) 270-1746

© 1995, Les Éditions Quebecor
Dépôt légal, 1er trimestre 1995

Bibliothèque nationale du Québec
Bibliothèque nationale du Canada
ISBN: 2-89089-994-2

Éditeur: Jacques Simard
Coordonnatrice à la production: Dianne Rioux
Conception de la page couverture: Bernard Langlois
Révision: Sylvie Massariol
Correction d'épreuves: Francine St-Jean
Infographie: Composition Monika, Québec
Impression: Imprimerie L'Éclaireur

Pour m'avoir fait confiance, pour m'avoir soutenue dans mes moments plus difficiles, pour m'avoir ramenée vers l'espoir lorsque mes faiblesses m'en éloignaient, merci Melissa et Lucas, mes enfants merveilleux.

Merci Lyse, ma bonne maman. Merci Sylvie et Rose-Marie, mes deux plus grandes amies, mes sœurs.

Merci parents et amis, mais surtout merci Monsieur Péladeau pour m'avoir permis de réaliser la promesse que j'avais faite à Raymond, mon père. De son ciel, il verra que le message sera lu par tous les Coruniques. Merci!

Lyno

Les Coruniques

Ce sont toi, ta sœur, ton frère, ton ami, ton cousin, chacun des garçons et chacune des filles à qui on a donné la vie un jour.

P.-S.: Un Corunique, c'est quelqu'un d'unique puisqu'il vit à sa façon dans notre monde et qu'il fait sa marque à sa manière. Qu'importe sa couleur, sa grosseur, sa grandeur ou ses caractéristiques, qu'elles soient bonnes ou mauvaises.

Corami

C'est une partie de moi qui cherche un peu plus, chaque jour, à rapprocher tous les petits Coruniques afin de bâtir un monde meilleur.

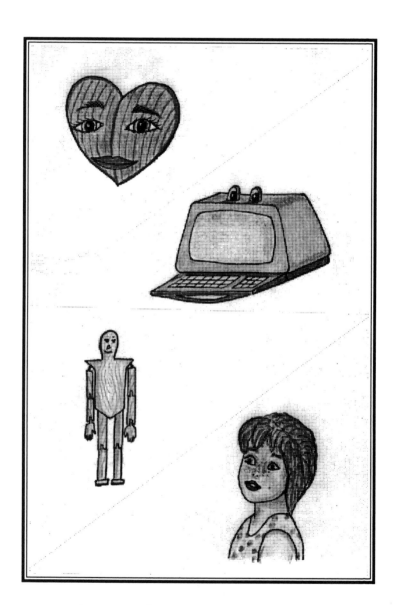

Unicœur

C'est le plus doux des personnages de ce bouquin bien sûr, celui qui est épaté un peu plus chaque jour par les richesses que possède chaque Corunique, par son propre corps.

Cerveaunique

C'est celui qui, tout au long de ce livre, va t'aider, toi et chacun des Coruniques, à apprendre des mots nouveaux et à bien les comprendre.

Bonsaï

Il est de ceux qui font leur chemin, heureux malgré leurs différences plus apparentes.

Corino

C'est moi qui veux te connaître et t'aimer, comme je veux le faire avec chacun des Coruniques, puisque mon cœur déborde d'amour pour chacun de vous.

Je m'appelle Corino et je viens juste d'ouvrir les yeux, car c'est l'heure du réveil. Elle sent bon, la fleur qui supporte l'abeille. Le chant des oiseaux vient chatouiller mes oreilles.

Je chante en levant les bras vers le soleil. Je veux toucher le monde des merveilles.

Ho! Bonjour les Coruniques! Vite, j'appelle Corami. Il n'est pas sorti du lit. Corami! Corami! Viens voir le jour, Corami...

Il fait encore dodo. Je dois le réveiller, c'est la plus belle période de la journée! Je me suis réveillée en chantant, comme un oiseau.

Lorsque j'ai ouvert les yeux, le soleil était éblouissant. Le ciel, d'un bleu de couverture douce, faisait danser de beaux nuages, tout blancs. On aurait juré qu'ils dansaient, afin d'empêcher toutes les petites imperfections de passer. Le soleil, lui, de son air autoritaire, semblait vouloir nous prévenir de ne pas abîmer son ciel bleu.

Que de mots compliqués: autoritaire, abîmer! Tourne la page, Cerveaunique va t'expliquer.

Cerveaunique

On ne voit pas le cerveau
mais... comme il travaille!
On ne voit pas le cerveau
mais... il est nécessaire!

La raison ne peut s'en passer.

Apprends des mots,
cerveau comprend des mots,
cerveau veut apprendre,
cerveau veut comprendre.

Autoritaire: Qui exprime le commandement, qui aime donner des ordres. Le soleil, de son air de chef, semble donner l'ordre de faire attention.

Sur la page suivante, dessine le soleil avec un chapeau de chef et un air autoritaire.

Abîmer: Avec la pollution, on peut abîmer le ciel clair. Cela veut dire endommager, faire du tort à quelqu'un ou à quelque chose.

Sur la page suivante, dessine un ciel abîmé, cela te rappellera qu'il faut faire attention.

Corino

Corami, qu'est-ce que tu fais? Les abeilles sont depuis longtemps au travail. Grâce à elles, on va bientôt pouvoir se sucrer le bec. Elles dansent d'une fleur à l'autre pour récolter le pollen. On raconte qu'elles «butinent». Nous aurons bientôt du bon miel doré.

Les arbres, eux, forts et robustes, ont un grand souci: ils ont comme but de purifier notre air. Mais cela devient de plus en plus compliqué, puisque l'on a tendance à oublier que la nature, il faut la respecter. Mais Corami, les Coruniques veulent te rencontrer!

En attendant Corami, découvre à qui tu peux t'attacher!

MOT CACHÉ
Mot de 3 lettres

E	T	S	U	B	O	R
N	R	O	U	G	I	R
U	O	U	A	O	L	U
A	F	C	N	M	I	E
G	R	I	A	I	E	L
E	I	A	S	N	O	B
T	N	A	S	U	M	A

air

amusant

bleu

bonsai

fort

noir

nuage

œil

robuste

rougir

souci

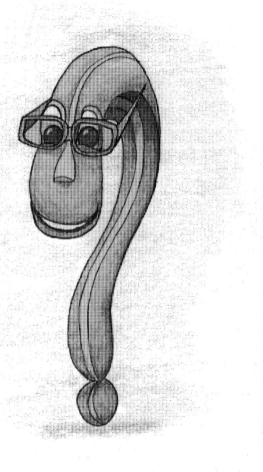

Corami

Bonjour!

Quelle belle façon de commencer la journée! D'un grand sourire, on dit comme ça: «Bonjour!» Depuis long-temps, Corino me promettait qu'elle me ferait connaître des amis.

Elle disait comme ça: «Chaque jour, nous connaîtrons de nouveaux Coruniques.» Je me demandais pour-quoi, au lieu de dire comme tous les grands: «Tu connaîtras de nouveaux enfants», Corino préférait dire des Co-runiques.

Eh bien, je lui ai demandé, et main-tenant, je comprends! Chacun de nos amis est unique, alors on les appelle les Coruniques! Le mot le dit.

Mais pourquoi unique?

Parce que chacun, à notre façon, nous sommes différents. Certains ont la peau noire, d'autres blanche. Certains sont plus grands, d'autres plus petits. Si l'on trouvait deux personnes de la même race, de la même couleur, de la même grandeur et de la même grosseur, il suffirait de leur demander de nous laisser entrer dans ce royaume qu'est leur cœur pour voir des milliers de différences.

Bonsaï

C'est fascinant! Chaque enfant pense à la vie différemment.

Une fois pensé, il la ressent différemment.

Et il la vit différemment.

C'est épatant! Tout est autrement! Ce qu'il est merveilleux, votre univers!

Cela dit, mon souhait le plus cher serait de devenir humain, ne serait-ce qu'une journée.

Corami

Lorsque, de vos yeux, vous regardez un champ immense, un élan et vlan! vous pouvez y courir. Eh bien moi, je m'en passe! Ne pleurez pas, je ne suis pas triste. Je ne peux pas ressentir ce qu'est une émotion. Tu sais ce que c'est qu'une émotion? Mais oui, c'est cette agitation dans ton cœur lorsque tu as une grande peine ou une grande joie!

Connais-tu toutes les richesses que possède ton ami, ton corps? Chaque matin, au moment de quitter ton lit, après un dodo, est-ce que tu t'arrêtes à penser qu'une journée de plus, on te fait cadeau de deux yeux qui voient? De deux bras qui bougent? De deux jambes qui te portent et qui t'emmè-nent où tu veux? De deux oreilles qui entendent? De deux mains qui tien-nent dix doigts qui s'articulent? D'une voix et aussi d'un visage qui s'expriment? D'un nez qui sent? D'un cœur qui bat et qui, surtout, peut ai-mer?

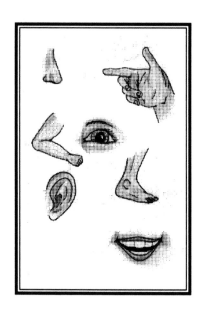

Certains enfants ont la possibilité et même la fierté d'y penser.

Que de richesses!

Un certain Corunique y pense lors d'une épreuve. Unicœur te raconte...

Unicœur

Je n'en crois pas mes ficelles! Cette chose étrange chez les hommes est appelée parfois ténacité, parfois courage et parfois... je ne sais plus, mais je l'ai vue!

À la suite d'un grave accident, un enfant a perdu l'usage de ses yeux. Peu à peu, de jour en jour, il a fait connaissance avec Madame Solitude.

Cela veut dire que les Coruniques qui, jadis, le côtoyaient, se sont mis à l'éviter et même à le fuir, car pour eux, cet état de choses leur était inconnu.

J'aurais parié mon théâtre que cet enfant s'écroulerait, mais je l'ai vu! «Que de persévérance!» disaient les grands.

Il a fait de Madame Solitude une amie. Elle lui a donné la chance de réfléchir avant d'agir.

Cerveaunique

On ne voit pas le cerveau, mais comme il travaille!

Dictionnaire, aide-moi, cerveau travaille fort.

Tenace: Fortement attaché à ses idées, qui n'abandonne pas, résiste aux difficultés.

Courage: Qui avance d'un pas certain et ferme.

Jadis: C'est dans le passé.

Côtoyer: Aller côte à côte avec quelqu'un, le suivre, le fréquenter, être son ami.

Éviter: Tout faire pour ne pas le voir.

Persévérance: C'est, à mon sens, une grande qualité. Le Corunique a un but, il y croit et n'abandonne pas. Tout le monde doit avoir un but, une frontière à traverser.

Sur la page suivante, fais un dessin ou colle des images qui m'expliqueraient ton but.

Unicœur

Ce Corunique a constaté un état de choses et il a dû accepter le fait qu'il ne pouvait rien y changer. Il a finalement décidé de partir à la recherche de nouvelles richesses à l'intérieur de son ami : son corps.

Je te le dis, c'est merveilleux un corps !

Aujourd'hui, grâce à sa persévérance, ce Corunique touche un objet ou un visage du bout de ses doigts et l'image qu'il inspecte délicatement lui est transmise intérieurement.

Il n'a pas abandonné. Il a travaillé très fort. Il peut même réussir à lire grâce au braille, qui est une sorte d'alphabet pour les non-voyants.

Unicœur

Au travers de ces difficultés, ce Co-runique s'est enrichi de connaissances. Un jour, fier de lui, il est retourné voir ses amis pour leur faire comprendre que même s'il ne voyait pas le lever du soleil, il éprouvait la joie d'être entouré et écouté. Ses amis sont restés surpris.

Il a terminé en expliquant que le bout de ses doigts lui avait tout déclaré.

À la page suivante, tu peux toi aussi apprendre l'alphabet braille.

Alphabet braille pour la lecture

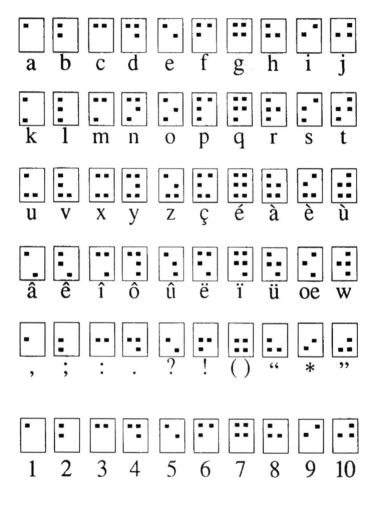

Corino

Après avoir entendu cette petite histoire, que peux-tu dire de ce Corunique?

Dans les livres conçus pour les Coruniques atteints de cécité, c'est-à-dire qui ne voient pas, tous les petits points de l'alphabet braille sont un peu ressortis du papier et on peut les sentir au toucher.

Les Coruniques atteints de cécité ont développé leur dextérité: ils sont adroits des mains. Du bout des doigts, ils peuvent très bien te lire une histoire!

Bonsaï

J'aimerais bien pouvoir, à mon tour, vous raconter une histoire, mes amours. Si vous vouliez m'écouter, je pourrais vous intéresser.

C'est différent, c'est autrement, c'est fascinant, c'est épatant... J'ai été invité !

Ah ! comme j'étais heureux lorsque j'ai reçu l'invitation !

Une quinzaine de petits Coruniques se rendent quotidiennement à la garderie. Là-bas, il y a un tas de jeux amusants, des couleurs superbes et beaucoup de rires de Coruniques. Bien sûr, un Corunique adulte veille à ce que tous se sentent bien.

C'est un endroit merveilleux où l'on peut jouer en équipe ou seul si l'on préfère. Si le soleil se montre le bout du nez, c'est dans la cour arrière que l'on peut s'amuser! Et encore mieux, à mon avis bien sûr, si la chaleur devient embarrassante, il y a la petite piscine! Le premier règlement pour aller à l'eau: bien attacher sa ceinture de sauvetage!

Cerveaunique

Le cerveau, on ne le voit pas mais... il est là!

Le cerveau, on ne le voit pas mais... comme il travaille!

Il veut tout comprendre.

Bonsaï raconte,
on est heureux,
on veut apprendre,
on veut comprendre.

Quotidiennement: Tous les jours, chaque jour.

Règlement: Recommandations, règles à suivre par mesure de sécurité.

Imagine une belle journée à la garderie, et, sur la page suivante, dessine-toi en train de faire ton activité préférée. N'oublie surtout pas les mesures de sécurité.

Bonsaï

Revenons maintenant à l'intérieur afin de nous calmer un peu avant l'heure du dîner... Une fois bien reposé, chaque Corunique cherche calmement sa petite boîte... Moi, je n'en ai pas.

Et dans la petite boîte? Des sandwichs. Je n'en ai pas.

Des fruits. Des légumes. Je n'en ai pas.

Je n'ai pas non plus de bon dessert sucré. Eh bien tant mieux, je n'ai pas d'estomac! Un ami veut partager! Je me retrouve tout barbouillé.

Dans ce carré, en t'amusant, trouve 16 noms de Coruniques et le nom de ce que l'on trouve dans un bon fruit.

L	E	H	C	I	M	L	G	S
J	O	S	E	E	E	Y	E	C
A	L	A	I	N	L	N	T	H
S	S	Y	L	V	I	E	I	A
S	A	V	S	M	S	R	E	N
E	D	E	A	A	S	D	N	T
N	N	T	C	R	A	N	N	A
A	I	T	U	C	R	A	E	L
V	L	E	L	O	A	T	I	R

Corami

Je t'entends parler de cette garde-rie. J'aurais voulu être là, moi aussi, car pour la première fois, petit William s'y est rendu. Sa maman devait sortir et elle a cru bon de lui donner la chance de se faire des amis.

En passant près de notre fenêtre, madame a glissé un bonjour à Corino et j'ai tenté de faire plus ample connaissance avec petit William.

Je lui ai même demandé à deux reprises de m'amener avec lui mais voilà... il faisait la sourde oreille.

Peu importe! Pour moi, son sourire s'est transformé en un bonjour.

Ce Corunique est sûrement très timide.

Unicœur

Pas du tout. Pas du tout! Je connais petit William. C'est un Corunique très doux, très doux! À sa façon, il est très persévérant car, de ses oreilles, il ne vous entend pas et de sa bouche, vous n'entendrez pas.

Bonsaï

Au beau milieu de l'après-midi, l'alarme en cas d'incendie s'est déclenchée. Calmement, chaque Corunique a bien suivi les directives du Corunique adulte. Je me souviens, la petite Josianne me serrait très fort contre son cœur.

Ce n'est qu'une fois à l'extérieur que nous nous sommes rendu compte de la peur de William. Il s'était réfugié sous la jupe de Madame Pompon. Il s'y accrochait si fort que personne ne pouvait l'en empêcher.

Unicœur

Petit William, petit William. Je voudrais tellement faire quelque chose pour toi! Tu ne pouvais pas comprendre ce qui se passait...

Corino

Corami, Unicœur, Cerveaunique, Bonsaï! Rassemblons-nous, je vous en prie. Bien sûr, nous pouvons tous faire quelque chose pour petit William, comme pour tous les Coruniques. Il suffit de l'aimer.

Si chaque Corunique est entouré d'amour, il sera plus facile de démontrer du courage et, enfin, d'être persévérant jusqu'à ce qu'arrive une solution.

Unicœur

Mais tu crois qu'un jour petit William pourra entendre les alarmes?

Corino

Non, dans son cas, je ne crois pas. Par contre, les Coruniques adultes ont mis des systèmes en marche pour que tous les Coruniques atteints de surdité, c'est-à-dire qui n'entendent pas, profitent de la même sécurité que les entendants.

Corino

Par exemple, il existe un système de lumière qui permet à un malentendant de constater que le détecteur de fumée s'est déclenché et un autre pour dire que l'on sonne à la porte et encore un autre si le téléphone sonne.

Unicœur

Parce qu'un jour, il parlera au téléphone?

Corino

Dès maintenant, il peut le faire, car chez lui, il a l'équipement nécessaire.

Les grands l'appellent: «L'A.T.M.E.» Cela veut dire: appareil téléphonique pour malentendant.

Il s'agit d'un ordinateur sur lequel le malentendant écrit son message (machine à écrire). Le message est reçu sur l'appareil de l'opérateur à la compagnie de téléphone. De son côté, l'opérateur transmet oralement le message à la personne entendante.

Lorsqu'ils sont en présence l'un de l'autre, les malentendants communiquent entre eux grâce à un alphabet bien spécial.

Jette un coup d'œil à la page suivante, et si l'envie te prend, épelle ton nom.

Si un Corunique entendant s'adresse à un Corunique malentendant, ce dernier sera attentif aux mouvements des lèvres de celui qui parle et il comprendra le message.

Alphabet pour sourds-muets

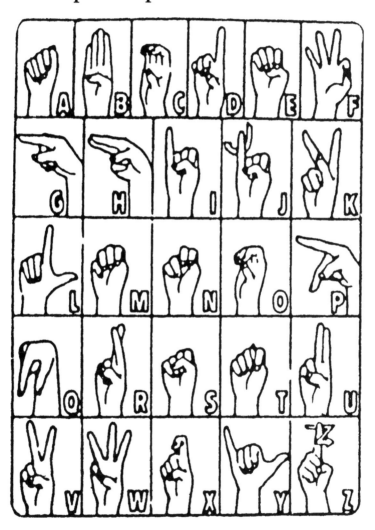

Le Corunique atteint de surdité possède en lui un cœur aussi fort que fragile, comme le tien...

Si tu marches vers lui, serre-lui la main et vous comprendrez tous les deux que partout peut naître une amitié.

Corino

Aujourd'hui, j'ai le cœur si lourd que j'ai beaucoup de difficulté à te sourire, mon ami.

Lorsque j'écoute les Coruniques adultes, je n'en crois pas mes oreilles. Certains d'entre eux s'imaginent que les grands chagrins ne sont que pour les grandes personnes. Eh bien, aujourd'hui, je me retrouve avec mon cœur brisé... à tout jamais!

Même le soleil le plus radieux ne pourrait me décrocher un sourire.

J'avais une douce petite famille. À l'occasion, mes parents discutaient un peu plus fort, mais jamais je n'aurais cru connaître une si grande épreuve. Papa quitte la maison...

Cerveaunique

On ne voit pas le cerveau, mais il travaille de plus en plus fort.

On ne voit pas le cerveau, mais il nous aide à découvrir!

La raison ne peut s'en passer.

Soleil radieux: Soleil brillant, lumineux, qui rayonne...

Épreuve: Expérience, chagrin, douleur, malheur qui frappe...

Sur la page suivante, raconte-moi, en faisant un dessin ou en collant des images, une épreuve que tu as dû affronter et qui est restée gravée dans ta mémoire.

Corino

Dans mon cœur et dans ma tête, il ne se passe que des choses négatives. Je me demande si papa nous abandonne, ou si maman le pousse à partir, ou encore si soudainement, il ne nous aime plus.

J'ai peur pour lui, mais aussi pour moi. Parfois, il me vient même l'idée de partir aussi.

Malgré tout, je suis fière de moi car au moins, j'arrive à vous en parler, mes amis.

MOT CACHÉ
Mot de 6 lettres

T	F	I	L	L	E
A	R	G	A	R	S
M	I	I	A	M	I
I	M	A	S	M	I
P	A	P	A	T	I
M	A	M	A	N	E

Ami (6 fois)
Fille
Gars
Maman
Papa

Corami

Lorsque tu me fais une confidence comme celle-ci, j'ai l'impression d'avoir de la peine avec toi. Si tel est le cas, ce sera moins lourd pour toi puisque j'en porterai une part!

Unicœur

Tu nous as enseigné qu'il y avait plusieurs façons d'envisager une situation. À nous tous, nous pourrions trouver la meilleure! La plus douce!

Bonsaï

Pour moi, c'est étrange, c'est mêlant. Mais pour alléger ton souci, j'en prendrai aussi une partie.

Cerveaunique

Un instant, fillette! Tu vas faire sauter mes circuits!

Tu ne cesses de parler de respect pour chacun des Coruniques; cela comprend les Coruniques adultes! Ne tente surtout pas de juger tes parents.

Cerveaunique

Fais-leur part de ton chagrin et, s'ils le peuvent, ils en feront autant.

Bien des Coruniques adultes, je crois, te diraient de faire confiance en la vie. Cette fois, je pense que c'est la vie qui te fait confiance pour te faire grandir dans une épreuve comme celle-ci.

Ton cœur est blessé au point où tu crois qu'il en sera ainsi pour la vie. Mais dans le respect et l'amour, tu puiseras une nouvelle force.

Rappelle-toi que tes parents t'aiment toujours autant.

Je crois que nous ne pouvons pas tout comprendre car une boîte à sentiments, c'est beaucoup plus compliqué qu'un livre d'enseignement.

Corino

Mes amis, mes bons amis.

Il est vrai que lorsque quelqu'un nous écoute et nous donne son amour, tout devient moins lourd. Car en échange d'une partie de gros chagrin, on a un gros paquet d'amour.

Mais tout cela, je m'en excuse, ne change pas le fait que mon papa quitte la maison.

Unicœur

Allons, allons, ça suffit petite.

Sèche tes larmes, ouvre grand tes yeux, regarde-moi... ouvre grand tes oreilles et écoute-moi!

De ton cœur, tu feras une grande maison et cette maison sera bâtie d'amour et de compassion. Dans cette maison, ton papa sera bien, ta maman sera bien aussi, ainsi que tous tes amis.

Tu les entoureras d'amour et de là naîtra un nouveau bonheur.

Beaucoup de Coruniques ont vécu des épreuves semblables et chacun, à sa façon, a grandi en étant obligé de vivre avec cette situation.

Ne tente surtout pas de comprendre un monde qui ne t'appartient pas encore. Un jour, tu seras grande aussi et, à ta façon, tu vas parcourir ta route.

Bonsaï

Corino, je t'aime beaucoup et je voudrais t'aider à oublier ce gros chagrin, mais je ne peux y arriver.

Je ne me sens pas bien, car je me sens inutile. Je crois qu'en restant bonne dans ton cœur et dans ta tête, un sentiment de grande fierté t'animera et atténuera ton gros chagrin.

Cerveaunique

Bientôt, tu iras visiter ton papa dans sa nouvelle demeure et ton cœur sera réconforté de voir que tu resteras toujours sa petite fille tant aimée...

Cerveaunique

Compassion: C'est un peu comme une pitié qui nous rend plus sensible aux malheurs des autres.

T'animera: Ce mot pourrait être remplacé par «te poussera», «te fera prendre de la vie».

Atténuera: Ce mot pourrait être remplacé par «rendra moins grave», «adoucira».

Sur la page suivante, en écrivant, en dessinant ou en collant des images, parle-moi d'un grand chagrin qui t'a fait mal.

Corino

Quelques semaines se sont écoulées et, sagement, je poursuis mon chemin.

Mes parents sont toujours aussi gentils avec moi, malgré ce triste climat.

Aujourd'hui, je m'en vais visiter papa dans sa nouvelle demeure. J'ai le cœur très lourd.

Dans ma tête, je revois maman qui veille à ce qu'il ne manque rien dans mon baluchon... avant de nous dire au revoir!

Papa me serre la main en me confirmant que mon aide morale lui sera précieuse.

À notre arrivée, il doit voir le propriétaire.

J'irai l'attendre au parc d'en face.

Cerveaunique

On ne voit toujours pas le cerveau, mais ce qu'il en a du travail!

Il faut en connaître des mots pour bien comprendre Corino!

Triste climat: L'atmosphère qui règne, l'ambiance est triste.

Me confirmant: Son papa lui confirme que son aide sera précieuse. Son papa lui assure qu'il appréciera son aide.

Aide morale: Son papa n'a pas besoin d'une aide «physique» (déménager des meubles). Son papa veut recevoir de l'amour pour être bien dans son âme.

Sur la page suivante, dessine-toi en train d'apporter une aide physique à quelqu'un et une aide morale à quelqu'un d'autre.

Corino

Des Coruniques qui me sont inconnus se plaisent à se balancer, à courir ou à glisser, mais l'envie de m'amuser ne m'est pas encore venue.

Je laisse glisser mes pieds nus dans le sable et je laisse le paysage me raconter que le soleil brille toujours.

MOT CACHÉ
Nom d'un contrat à signer.
Mot de 4 lettres.

D	E	S	S	I	N	E	R
A	R	E	N	R	U	O	T
N	C	H	A	N	T	E	R
S	R	E	L	R	A	P	J
E	E	R	B	A	I	L	O
R	R	I	R	U	O	C	U
I	R	R	V	O	I	R	E
R	E	E	J	O	U	E	R

chanter
courir
danser
dessiner
errer
jouer (2)
parler
rire (2)
tourner
voir

Corino

Dans un autre coin du parc, un Corunique semble profiter, lui aussi, d'un moment de réflexion.

Soudain, il me prend une envie de partager ce moment avec lui.

J'amène Corami et je vais vers ce Corunique en espérant faire sa connaissance.

Corami

Je ne sais pas si tu devrais continuer, Corino, le petit Corunique semble vouloir partir!

Corino

Je me demande pourquoi en me voyant marcher vers lui, il veut partir.

Je vois qu'il a un problème à avancer avec son fauteuil roulant, à cause du sable. Je vais quand même lui proposer de l'aider.

Il refuse de me parler.

Je lui répète que je veux l'aider.

Le visage plein de tristesse, il me tend la main.

Je pousse son fauteuil sur une surface plus solide et... je dois partir, car papa m'appelle.

Au revoir, petit!

Corino

Le temps est venu, pour papa et pour moi, de déguster un bon repas.

Il est bon de prendre le temps de nous parler et de partager, entre nous, notre façon de voir les incidents.

Papa est fier de moi et je me sens bien.

Je lui parle enfin de la rencontre que j'ai eue avec un Corunique, dans le parc.

Papa me suggère de préparer une collation que je pourrais partager avec l'enfant à cet endroit.

Ce que je fais.

Cerveaunique

Tu sais, Corino, il n'y a rien de mieux que de partager ses peines avec quelqu'un qui peut les comprendre.

Corami

Ce Corunique a été victime d'un accident et, depuis, ses jambes sont paralysées.

Bonsaï

Ce Corunique est aussi atteint de bégaiement. Il est donc un Corunique bègue.

Sans savoir si tu pouvais comprendre ou même si tu le voulais, il n'a pas
osé te parler avant de te connaître
plus.

Unicœur

Il est devenu bègue à la suite d'un
traumatisme... le jour de l'accident et
du décès de son papa.

Corino

Je suis heureuse que tu acceptes de
partager cette collation avec moi.

Si j'ai marché vers toi, c'est que
j'avais envie que tu m'écoutes. J'ai,
moi aussi, un gros chagrin dans ma
vie.

Il est bon d'égayer ma journée avec
la connaissance d'un nouvel ami.
Quel est ton nom?

Jimmy

J... J... Ji... Jim... Jimmy.

Corino

Tu sais, j'ai aussi un copain qui, de sa voix, ne peut pas parler du tout. Puisqu'il a toujours été sourd, il n'a jamais pu contrôler les sons émis par sa gorge et il n'a jamais parlé.

J'espère qu'on lui enseignera si tel est son désir.

Jimmy

P... P... Pourqu... Pourquoi?

Corino

Je crois que c'est important parce que cela lui permettra de communiquer avec beaucoup plus de gens. Et aussi parce qu'à mon avis, tout ce qui s'apprend est bon à apprendre.

Parler est un langage qu'il ne connaît pas.

Cet après-midi, Jimmy a préféré m'écrire même s'il était tout près de moi. Je n'ai pas cherché pourquoi, car j'ai compris dans sa petite lettre.

Bonjour Corino,

Je suis content d'avoir une amie. Cet avant-midi, je me sentais très seul. Beaucoup d'enfants, autour de moi, éclatent de rire dès que je place un mot et moi, ça me fait mal. Je n'ai pas encore la force d'en rire, mais un jour, je compte bien y arriver.

Merci.

Jimmy

Corino

Ta petite lettre me touche beaucoup, Jimmy.

Je t'offre sincèrement d'être une vraie amie pour toi.

Bonsaï

Tu vois, Jimmy, lorsque des gens sont sincères avec toi et que ces mêmes gens t'offrent leur amitié, c'est qu'ils t'acceptent tel que tu es.

Corami

J'aimerais expliquer à tous les petits Coruniques le mal et la peine qu'ils peuvent causer aux autres par leur insouciance.

Unicœur

Malheureusement, le respect et l'amour ne sont pas bien connus de tous.

Cerveaunique

Si tout le monde savait combien on se sent mieux entouré d'amour et de respect!

Corino

Je dois te dire au revoir, car papa veut me conduire à la maison maintenant. Mais je reviendrai bientôt, je t'en donne ma parole. En attendant, échangeons nos adresses et nous pourrons nous écrire.

Bonsaï

Il m'est difficile de comprendre pourquoi certains Coruniques évitent certains autres Coruniques simplement parce qu'ils ont une différence plus apparente. Moi qui suis différent des autres, je risquerais donc d'être mis au rancart!

Unicoeur

Corino pourra écrire un peu de ce qu'elle ressent face au départ de son papa et, ensemble, ils partageront leur peine.

Corami

Le temps passe et bientôt viendront aussi des joies à partager!

Cerveaunique

Apprendre, comprendre, chercher, découvrir, mieux comprendre. Voilà... voilà!

Bonsaï est inquiet.

Il a peur d'être «mis au rancart»: il a peur d'être laissé de côté, rangé pour longtemps.

T'est-il déjà arrivé de te sentir «mis au rancart»?

Sur la page suivante raconte-moi de quelle façon ça t'est arrivé, ou comment un de tes amis a vécu cette situation.

Unicœur

La chambre de Corino semble vide lorsqu'elle n'y est pas.

Bonsaï

Sa maman l'amène voir le médecin, car elle a des inquiétudes.

Cerveaunique

Corino a toujours été assez sportive et... depuis quelque temps, il lui arrive de plus en plus souvent de tomber. Sa maman a peur de la voir courir maintenant!

Corami

Corino a dû cesser ses cours de danse, car elle se fatiguait trop vite et terminait souvent la danse en tombant.

Bonsaï

Corino devrait se reposer!

Corino

Tu sais, maman, j'éprouve du chagrin lorsque, pendant mes cours de danse, l'enseignante me demande de rester assise au cas où je tomberais encore. Je voudrais continuer à danser!

Maman de Corino

Le médecin t'a déjà fait passer plusieurs examens et, bientôt, nous saurons ce qui se passe. Maman est près de toi, ne t'en fais pas.

Le médecin

Nous avons déjà les résultats des examens, mais il nous faudra en passer encore quelques-uns. Si vous êtes d'accord, Corino pourrait dormir à l'hôpital pour quelques jours afin de bien se reposer et de finir les examens.

Corino

Ce sera le début d'une autre nouvelle expérience!

Je voudrais avoir avec moi tous les amis de ma chambre à coucher.

Bonsaï

Dis-moi, Corino, est-ce que tous les Coruniques devant passer des examens médicaux doivent dormir à l'hôpital?

Corino

Bien sûr que non! Mais si cette fois c'est mieux comme ça, maman et moi, nous acceptons!

Les infirmières laissent même un fauteuil roulant à ma disposition pour éviter une nouvelle chute.

Les examens ne sont pas tous agréables à passer, mais ils donneront sûrement un résultat.

Ce qui est bien, c'est que...

Papa me rend visite! Maman me rend visite!

Tante Julie me rend visite! Oncle Paul me rend visite!

William me rend visite! Jimmy me rend visite!

Corino

Il y aura bientôt trois semaines que nous sommes à l'hôpital.

Je suis très bien ici, mais j'ai quand même bien hâte de retrouver ma maison. Mes plus grands amis sont venus me voir presque aussi souvent que les gens de ma famille. Je suis heureuse que cela leur ait été possible.

Maman est présentement avec le médecin. Il lui explique sûrement de quelle façon je pourrai guérir.

Corami

Lorsque tu te sentiras mieux, nous irons, à notre tour, revoir nos amis.

Corino

Maintenant, nous avons aussi de nouveaux amis à l'hôpital. Nous reviendrons les voir eux aussi.

Maman de Corino

Voilà ma petite, nous rentrons chez nous. Papa viendra nous aider à transporter toutes tes choses dans ta chambre et tout ira bien.

Cerveaunique

Je me retrouve au fond d'une des valises en ayant détecté une grande tristesse dans le cœur de la maman de

Corino. Le papa de Corino descend les valises, retenant des larmes au bord de ses yeux.

Corami

Une fois arrivée à la maison, Corino pose un tas de questions à sa maman.

Bonsaï

Les parents de Corino doivent lui annoncer une nouvelle qui lui apportera un grand chagrin.

Unicœur

J'aurais voulu que, comme plusieurs Coruniques, Corino quitte l'hôpital avec un grand «regain d'énergie». Corino devra, encore une fois, être très forte dans son cœur.

Corino est atteinte d'une maladie incurable.

Bonsaï

Corino pourra-t-elle encore chanter?

Corino pourra-t-elle encore aimer?

Corino pourra-t-elle encore avoir des amis?

Corami

Bien sûr! Corino peut et pourra encore être heureuse avec nous!

Cerveaunique

Corino est atteinte de sclérose en plaques. Elle devra apprendre à se reposer encore plus que ses amis.

Cerveaunique

Incurable: Lorsqu'on dit d'une maladie qu'elle est incurable, on veut dire que la médecine d'aujourd'hui n'a pas encore trouvé de solution pour la guérir.

Sclérose en plaques : C'est une maladie qui s'attaque au système nerveux.

Les gens qui en sont atteints peuvent avoir des difficultés pendant quelques semaines et ensuite être bien pendant des années. Certains d'entre eux ne peuvent se déplacer qu'en fauteuil roulant.

Cette maladie peut toucher les yeux, les mains ou les jambes, et parfois même la voix. Corino devra apprendre à économiser son énergie afin d'être plus apte à affronter cette maladie.

Sur la page suivante, dessine Corino en train de faire des activités sans pouvoir utiliser ses jambes.

Unicœur

Cette nouvelle semble attrister les parents de Corino autant que Corino elle-même.

Bonsaï

Par leur amour et le nôtre, nous pourrons tous l'aider.

Cerveaunique

Corino devra maintenant éviter les grandes émotions le plus possible et apprendre à écouter son corps lorsqu'elle sera fatiguée.

Corami

Chaque Corunique devrait écouter son corps lorsque celui-ci est fatigué (se reposer lorsqu'on en sent le besoin).

Bonsaï

L'heure du dodo arrive et Corino va bientôt venir.

Corino

Alors voilà... j'avais cru comprendre mon ami William. J'avais cru comprendre mon ami Jimmy, mais voilà... j'ai un peu peur.

J'ai un peu peur parce que je ne connais pas encore beaucoup cette maladie qui se promène dans mon corps. Je ne connais pas non plus sa force.

Laissez-moi pleurer, j'en ai besoin. Ne me laissez pas tomber, j'ai besoin de votre amour aussi.

Je crois qu'il est facile de comprendre lorsque, sans le savoir, on ne comprend pas vraiment.

Unicoeur

Corino, tu es bouleversée et c'est normal. Tes parents ont pleuré et ça t'a fait mal. Ces temps-ci, les chagrins te hantent beaucoup et ton cœur «en mange un coup».

Tu avais mal dans ton cœur lorsque tes amis avaient des difficultés, mais tu pouvais les aider. Aide-nous aujourd'hui à te prouver notre amitié.

Corino

J'ai envie de bouger, de chanter, de danser, mais maintenant je ne peux que chanter.

Cerveaunique

Tu as la chance de pouvoir chanter. Laisse-nous t'écouter.

Tu ne peux pas danser aujourd'hui, mais peut-être que tu pourras le faire dans quelques jours. Tu peux parler, tu peux jouer, tu peux bouger!

Corami

Bien sûr, tu peux! Serre-moi dans tes bras, tu verras!

Bonsaï

Snif... C'est différent, tout simplement... Tout le monde est bouleversé, c'est renversant!

Cerveaunique

Corino est encore un peu triste et c'est normal.

Demain, elle ira mieux et c'est encore normal.

Il arrivera des moments de tristesse face à son état et c'est encore normal puisque... c'est comme ça.

Pour l'aider, il faut respecter sa tristesse et continuer de l'aimer.

Bonsaï

Corino a pourtant une inquiétude particulière. Maintenant qu'elle doit rester dans son fauteuil roulant, elle se demande comment les Coruniques d'une école régulière pourraient réagir de la voir ainsi.

Devrait-elle trouver une école pour les Coruniques atteints de sclérose en plaques seulement?

Quelle pourrait être la réaction d'un enfant en bonne santé face à Corino?

À ton avis

Bonne	Mauvaise

Pour passer le temps... place les lettres au bon endroit.

a i i é m t _____

t r s t s s i e e _____

o u a e e s l g m n t _____

m l d a a i e _____

a i e c c d n t _____

Corino

Corino

Papa, maman,

Lorsque je vous vois souffrir, je souffre encore plus. Bien sûr, c'est inquiétant lorsqu'on ne sait pas exactement ce qui se passe avec notre santé. Mais c'est rassurant de savoir que par amour, les gens autour nous soutiennent dans la joie de vivre malgré les difficultés.

J'ai toujours une bonne maman.

J'ai toujours un bon papa.

J'ai toujours de bons amis.

Encore une fois, je serai forte.

Lorsque j'aurai des inquiétudes à ce sujet, je vous en parlerai et cela me soulagera.

Merci pour cette force.

Merci pour la vie.

SOLUTIONS DES JEUX

Page 17 : AMI

Page 42 : Alain, André, Chantal, Étienne, Josée,
Linda, Lucas, Lyne, Marco, Melissa,
Michel, Rita, Sara, Sylvie, Vanessa,
Yvette

Nom de ce que l'on retrouve dans un
bon fruit : vitamines

Page 54 : TRISTE

Page 65 : BAIL

Page 91 : amitié

tristesse

soulagement

maladie

accident